Christian Bieniek wurde 1956 geboren und lebte seit 1984 in Düsseldorf. Er studierte Klavier und Schlagzeug. Er war Gitarrist in einer Punkband und als Klavierlehrer tätig. Er schrieb Hörspiele, TV-Sketche und Radioserien. 1993 erschien sein erstes Jugendbuch ›Immer cool bleiben‹. Seitdem schrieb er über neunzig Bücher für Kinder und Jugendliche, die in zwölf Sprachen übersetzt wurden. Christian Bieniek starb 2005 in Düsseldorf.

Marlene Jablonski wurde 1978 in Danzig, Polen, geboren. Seit dem Abitur lebt sie als freie Schriftstellerin in Düsseldorf.

Volker Fredrich wurde 1966 in Mühldorf am Inn geboren. Nach einer pädagogischen Ausbildung studierte er Illustration an der Fachhochschule Hamburg bei Rüdiger Stoye. Seit 1996 illustriert er Kinderbücher für verschiedene Verlage und hat an mehreren internationalen Ausstellungen teilgenommen.

Christian Bieniek/Marlene Jablonski

Hamster Hektor
Hunde und andere Krisen

Mit Bildern von Volker Fredrich

Fischer Taschenbuch Verlag

Fischer Schatzinsel
www.fischerschatzinsel.de

Erschienen im Fischer Taschenbuch Verlag,
einem Unternehmen der S. Fischer Verlag GmbH,
Frankfurt am Main, September 2008

Satz: Pinkuin Satz und Datentechnik, Berlin
Druck und Bindung: CPI – Clausen & Bosse, Leck
Printed in Germany
ISBN 978-3-596-80782-6

Nach den Regeln der neuen Rechtschreibung

Sonne, Socken, Super Mario

»Guten Morgen, Hektor!«

Hä? Wie war das? Guten Morgen?!? Warum soll ich denn schon aufstehen? Ich hab mich doch gerade erst hingelegt!

Widerwillig öffne ich die Augen. Mein Herrchen Sascha kniet vor meinem Käfig. Er trägt seinen giftgrünen Schlafanzug mit den lila Schweinchen drauf. Igitt! So ein peinliches Teil würde ich nicht mal als Klopapier benutzen.

»Na, wie hast du geschlafen?«, fragt Sascha. Noch gar nicht, du Witzbold! Ich bin die ganze Nacht durch die Wohnung getigert und deshalb total müde.

Weiß Sascha denn nicht, dass ich ein Nachttier bin? Vielleicht sollte er öfter einen Blick in das dicke Hamsterbuch werfen, das auf dem Regal über seinem Bett verstaubt.

Sascha steht auf.
Ob er wieder zurück ins Bett marschiert?
Leider nicht. Er geht zum Fenster und reißt den Vorhang auf.
O nein, die Sonne! Sie scheint mir direkt in die Augen. Wieso gibt es eigentlich keine Sonnenbrillen für Hamster?
Mit einem Satz springe ich aus dem Käfig und

verkrümle mich unters Bett. Dort ist es zwar dunkel, aber dafür wird mir fast schlecht von diesem entsetzlichen Mief. Es stinkt nach verschimmeltem Käse, würg! Schuld daran sind zwei Socken von Sascha, die hier seit vorgestern rumliegen.

»Mach da bloß keine Köttel hin, kapiert?«, spielt sich Sascha auf.

Nein, keine Angst. Meine Geschäfte erledige ich im Käfig. Na ja, meistens jedenfalls. Manchmal benutze ich auch die Toilette unter dem riesigen Wohnzimmerschrank. Außer mir hat die bisher noch niemand entdeckt. Und das ist auch ganz gut so …

»Hey, Hektor!«, höre ich Sascha rufen. »Was sollen wir machen?«

Die Augen zu und weiterpennen, was sonst? Aber dazu hat mein Herrchen offenbar keine Lust.

»Komm da raus! Und bring die Strümpfe mit!«

Der spinnt wohl! Wenn Sascha jemanden rumkommandieren will, soll er sich einen Dackel besorgen. Außerdem würde ich sowieso prompt in Ohnmacht fallen, wenn ich diesen elenden Stinkesocken noch näher kommen würde. Hamsternasen sind furchtbar empfindlich, jawohl!

In diesem Moment verschwindet die Sonne aus dem Zimmer. Anscheinend haben sich gerade ein paar Wolken vor sie geschoben. Ich wage mich unter dem Bett hervor.

Mein Herrchen steht mit verschränkten Armen am Fenster und schaut hinauf in den Himmel. Gibt's da was Besonderes zu sehen? Hm, ziemlich seltsam, dass Sascha samstags schon so früh wach ist. Am Wochenende steht er sonst immer erst um zehn auf. Irgendwas stimmt nicht mit ihm, das hab ich schon gestern Abend gemerkt. Da hockte er fast eine Stunde lang an seinem Schreibtisch und starrte die Tapete an. Ob er vielleicht krank ist? Oder verliebt? Oder hat er etwa Streit mit seinem besten Freund Mirko? Oder Ärger

in der Schule? Ich würde ihn gerne danach fragen, aber mein Gequieke versteht ja kein Schwein.
Sascha steht völlig unbeweglich da, und das mehrere Minuten lang. Scheint so, als sei er im Stehen eingeschlafen. Super! Dann kann ich mich ja auch wieder aufs Ohr legen.
Um keinen Krach zu machen, schleiche ich so leise wie ein Indianer auf dem Kriegspfad zurück in den Käfig. Kaum habe ich es mir im Stroh gemütlich gemacht und alle viere von mir gestreckt, da taucht Saschas Mondgesicht wieder vor dem Käfig auf.
»Sollen wir was zusammen spielen?«
Warum spielt er nicht lieber mit seinem Gameboy? Seit er dieses dämliche Gerät hat, bin ich doch sowieso nur noch Luft für ihn. Ja, wirklich! Vor zwei Wochen bekam er das Spiel zu seinem neunten Geburtstag geschenkt. Von dem Tag an war ich für Sascha gestorben, schnüff! Ich hätte mausetot im Käfig liegen können. Mein Herrchen hätte sich wahrschein-

lich nur gewundert, warum mein Winterschlaf diesmal schon im Juni losgeht.

Alles Mögliche habe ich versucht, Saschas Interesse wieder auf meine Wenigkeit zu lenken – vergeblich! Gegen diesen Gameboy komme ich einfach nicht an. Vielleicht sollte ich mir einen Schnauzer ankleben, mich Super Mario nennen. Dann würde ich den ganzen Tag wie ein verrückt gewordenes Känguru in der Gegend rumspringen und dabei ein nerviges Gepiepse von mir geben. Klar, so ein Gameboy ist natürlich viel pflegeleichter als ich. Er kackt und pinkelt nicht und futtert nur alle paar Wochen zwei neue Batterien. Außerdem kann er einfach in die Ecke gepfeffert werden, wenn man genug von ihm hat. Ein Hamster dagegen braucht jede Menge Aufmerksamkeit – allerdings nicht zur Schlafenszeit, grrrr!

Auf einmal lässt mein Herrchen einen tiefen Seufzer hören.

Nanu, warum ist Sascha denn so traurig? Er macht ein Gesicht, als ob ihm gleich die Tränen kommen würden. Womit könnte ich ihn aufheitern? Indem ich ins Laufrad steige und mit mir selbst ein Wettrennen veranstalte? Darüber hat er früher immer gelacht.

Tja, was tut ein netter Nager nicht alles für sein Herrchen …

Obwohl ich eigentlich viel zu müde dafür bin, stehe ich auf, klettere ins Laufrad und rase los. O Mann, dieses Gequietsche! Ohne Ohrenschützer sollte ich mich gar nicht auf so ein grausames Schrottgerät wagen. Das Ergebnis ist ohnehin gleich null: Sascha verzieht keine Miene.

Nachdem ich vom Laufrad gehüpft bin, steckt mein Herrchen seine rechte Hand in den Käfig. Ohne Zögern springe ich drauf und schwebe eine Sekunde später durch die Luft. Sascha geht mit mir zum Bett und setzt sich. Er holt sich sein Schmusekissen und stößt schon wieder einen Seufzer aus.

»Ach, Hektor«, murmelt er. »Ich muss dir unbedingt was erzählen.«

Er lässt mich auf seinen Oberschenkeln nieder und krault mich mit zwei Fingern hinter den Ohren. Das hat er schon ewig nicht mehr gemacht! Wenn ich eine Katze wäre, würde ich jetzt meine Schnurrmaschine anwerfen. Doch da ich ein Hamster bin und hundemüde, schließe ich die Augen und falle in Schlummer.

Sascha packt aus

Nanu, träume ich noch oder hab ich soeben tatsächlich mein Lieblingswort gehört? Es fängt mit »F« an und reimt sich auf Mutter, Butter und Kutter. Ich reiße die Augen auf. Sascha steht fertig angezogen vor mir. Er hat die Hände in die Hüften gestemmt und sieht kopfschüttelnd auf mich hinunter.

»Bist du eine Schlafmütze, Hektor! Von dem, was ich dir erzählt hab, hast du garantiert nichts mitgekriegt, stimmt's?«

Stimmt. Wenn man pennt, fällt einem das Zuhören ziemlich schwer.

»Was ist denn jetzt mit dem Frühstück?«, fragt Sascha. »Kommst du mit in die Küche oder nicht? Mutti hat gestern eine neue Sorte Futter für dich gekauft. Vielleicht lässt sie dich gleich mal was davon probieren.«

Da war es ja wieder, dieses wunderwunderschöne Wort: FUTTER.
Sofort hüpfe ich vom Bett und hefte mich an Saschas Fersen. Kaum haben wir sein Zimmer verlassen, ruft er laut durch die ganze Wohnung: »Vorsicht, Hektor ist unterwegs!«
Das bedeutet: Seine Eltern sollen genau aufpassen, wo sie hintreten. Schließlich ist es lebensgefährlich für einen Hamster, zwischen sechs Menschenbeinen spazieren zu gehen. Ein falscher Tritt – und alles, was von mir übrig bleibt, ist ein hässlicher Fleck auf dem Teppichboden.
»Wieso ist Hektor denn schon wach?«, wundert sich Saschas Mutter, als ich in seinem Schlepptau in der Küche auftauche.
»Ich hab ihm gesagt, dass du neues Futter für ihn besorgt hast. Darf er was davon naschen?«
Sie nickt. »Von mir aus. Es steht da links im Schrank. Schütte ihm ein bisschen was auf einen kleinen Teller.«

Nur ein bisschen? Her mit der ganzen Packung, Leute! Wenn Sascha traurig ist, krieg ich immer einen Riesenkohldampf. Außerdem können sich Hamster gar nicht überfressen. Was ich nicht sofort runterkriege, stopfe ich mir in die Backen, spucke es in meine Vorratsecke und knabbere daran herum, wenn ich wieder Hunger habe.

Inzwischen hat Sascha den Teller mit dem neuen Futter vor mich hingestellt. Leider ist das Häufchen so winzig, dass man es ohne Lupe kaum erkennen kann. Immerhin duftet es köstlich. Ich rieche Erdnüsse, Walnüsse und verschiedene Körner.

Es dauert nur wenige Sekunden, bis ich die Leckerbissen verputzt habe.

Während Sascha und seine Eltern frühstücken, putze ich sorgfältig mein Fell. Ich höre Geschmatze, aber kein Gerede. Was ist denn heute los?

Saschas Vater hat sich wie jeden Morgen hinter seiner Zeitung versteckt. Doch warum unterhält sich Sascha nicht mit seiner Mutter? Sonst plappert er immer so viel, dass er kaum zum Essen kommt. Irgendwas stimmt doch nicht mit ihm.

»Ist was, Sascha?«, fragt seine Mutter in besorgtem Ton. »Warum schmierst du dir kein Brötchen? Du hockst nur trübsinnig rum und guckst aus dem Fenster.«

Mein Herrchen atmet ganz tief durch.

Sein Vater lässt die Zeitung sinken. »Fehlt dir irgendwas, Sohnemann?«

Sascha schüttelt den Kopf, wendet sich seinem Teller zu und schneidet sein Brötchen auf. »Wird bestimmt ein stinklangweiliger Samstag«, meint er.

»Komm doch heute Nachmittag mit zu Onkel Fabian«, schlägt seine Mutter vor.

Sascha winkt ab. »Der quasselt doch nur stundenlang über seine Fische.«

»Dann triff dich mit Mirko.«

»Der fährt übers Wochenende zu seiner Oma nach Leverkusen.«

»Oder geh nach oben zu Frederik, und spiel mit ihm.«

Dazu hat Sascha keine Lust. »Was sollen wir denn spielen? Frederik macht doch nur blödsinnige Experimente.«

Zum Beispiel mit Hamstern, grrrr! Mich hat er auch schon mal als Versuchskaninchen benutzt. Er klebte mir vier kleine Legoräder unter die Füße. Angeblich um zu testen, wie gut Hamster als Rollschuhfahrer sind. Anschließend setzte er mich auf den Holzfußboden und gab mir einen kräftigen Schubs. Im Affentempo sauste ich quer durchs Zimmer. Das machte richtig Spaß – bis ich mit voller Wucht gegen die Heizung krachte!

Noch zwei Stunden später brummte mir der Schädel von dem Zusammenprall. Seitdem flüchte ich immer schnell unter den Wohnzimmerschrank, sobald Frederik in unserer Wohnung auftaucht.

Saschas Vater faltet die Zeitung zusammen, gießt sich noch eine Tasse Kaffee ein und sagt zu meinem Herrchen: »Na schön, bleib doch den ganzen Tag in deinem Zimmer hocken und unterhalte dich mit deinem Gameboy! Das ist bestimmt irrsinnig interessant.«

Da passiert etwas höchst Erstaunliches: Sascha lässt Messer und Brötchen fallen und fängt an zu weinen. Das finde ich so traurig, dass ich am liebsten mitheulen würde. Seine Eltern wechseln einen ernsten Blick. Dann legt seine Mutter einen Arm um Saschas Schulter: »Was hast du denn, mein Junge?«

»Gar nichts«, behauptet Sascha und lässt noch mehr Tränen über seine Backen kullern. Es dauert eine Weile, bis er sich wieder einigermaßen beruhigt hat. Schließlich rückt er mit der Sprache raus. »Mein Gameboy ist weg!«, jammert er. »Gestern im Nordpark wurde ich von einem blöden Kerl überfallen, der mir den Gameboy abgenommen hat. Wenn ich ihn nicht hergegeben hätte, dann hätte er mich verprügelt.«

Sein Vater will genau wissen, wie der Räuber ausgesehen hat.

»Er war nur einen Kopf größer als ich, aber tausendmal kräftiger. Ich hätte mich nicht gegen ihn wehren können.« Plötzlich wirft mir

Sascha einen finsteren Blick zu. »Wenn ich einen Hund gehabt hätte, wäre das bestimmt nicht passiert!«

»Wahrscheinlich nicht«, gibt sein Vater zu. »Aber als du dich vor Weihnachten für ein Haustier entscheiden solltest, wolltest du lieber einen Hamster.«

»Ja, weil ich blöd war! Jetzt hätte ich viel lieber einen Hund.«

Na super! Und wo soll ich hin, bitte schön? In den Althamstercontainer?

Nein, Saschas Vater hat eine bessere Idee: Ich soll auf den Friedhof!

»Vielleicht kannst du bald einen haben«, sagt er und fügt etwas leiser hinzu: »Du weißt doch: Hamster werden nicht besonders alt.«

»Hm.«

»Und außerdem sind sie sehr empfindlich und gehen bei der harmlosesten Krankheit sofort ein. Manche kriegen eine Lungenentzündung, wenn sie erkältet sind. Und manche kriegen von etwas Durchzug eine Hirnhautentzündung.«

Und manche Hamster springen aus dem Fenster, weil sie das dumme Gequatsche ihrer Besitzer nicht mehr ertragen können!
»Hektor ist aber kerngesund«, mischt sich die Mutter ein. »Und das wird er hoffentlich auch noch lange bleiben, Sascha.«
Worauf du Gift nehmen kannst, du Hundesohn!

Zufälle?

Von wegen gesund: Ich bin schwer krank – vor Kummer …

Den ganzen Vormittag liege ich in meinem Stroh und schmolle vor mich hin. So ein gemeiner Kerl, dieser Sascha! Monatelang hab ich den Affen für ihn gemacht – und als Dankeschön dafür will er jetzt einen Köter haben. Meine Güte, was ist denn bloß so toll an Hunden? Die sabbern und bellen und fressen einem die Haare vom Kopf. Ich dagegen bin schon mit einer Handvoll Körner und einem bisschen Grünzeug zufrieden.

Außerdem mache ich keinen Krach und gehöre zu den saubersten Tieren auf der Welt. Okay, einen Räuber kann ich zwar nicht in die Flucht schlagen, aber dafür pinkle ich auch nicht an jeden Fahrradreifen.

Hat Sascha denn wirklich vergessen, was für einen Riesenspaß wir zusammen hatten? Wie oft bin ich in seinen Ärmel geklettert und auf seinem Oberkörper herumgewandert? Bei dieser Kitzelei hat er sich immer kaputtgelacht. Aber davon will er anscheinend nichts mehr wissen. Jetzt möchte er nur noch eins mit mir spielen: Beerdigung. Doch da spiel ich nicht mit, basta!

Seit zwei Stunden liegt Sascha nun schon auf dem Bett und liest Comics. Ab und zu hebt er den Kopf und schaut zu mir herüber. Wahrscheinlich will er sehen, ob ich mich noch bewege. Darum schlafe ich auch nicht ein, obwohl ich todmüde bin und kaum noch die Augen offen halten kann. Denn wer weiß: Vielleicht hält mich Sascha im Tiefschlaf für eine Leiche und stopft mich in die Zigarrenkiste, in der er seine Telefonkartensammlung aufbewahrt.

»Warum pennst du noch nicht, Hektor?«, fragt mein Herrchen und steht vom Bett auf.

»Brauchst du ein Schlaflied? Kannst du gerne haben.«
O nein, bitte nicht!
Gnadenlos fängt Sascha an zu singen: »Guten Abend, gute Nacht …«
Bei den ersten Tönen kommt mir fast das Frühstück wieder hoch. Verzweifelt presse ich die Vorderpfoten gegen meine Ohren, aber Saschas Gejaule ist einfach zu laut.
»Du schläfst ja immer noch nicht«, wundert sich Sascha nach dem letzten Ton. »Ist dir vielleicht zu heiß?«
Er geht zum Fenster und reißt es ganz weit auf: Es ist zwar ein schöner Junitag, aber draußen weht ein ziemlich stürmischer Wind.
Wenn jetzt gleich die Tür aufgemacht wird, dürfte der Durchzug für eine schwere Hirnhautentzündung bei mir sorgen.
Tatsächlich: Nur wenige Sekunden später kommt Saschas Vater ins Zimmer und leider nicht auf die Idee, die Tür hinter sich zu schließen.

»Hier, das hab ich gerade auf der Wiese für dich gepflückt«, sagt er und legt ein paar grüne Halme vor mich hin.
Moment mal! Haltet ihr mich eigentlich für total bescheuert? Hamsterhirne sind zwar klein, aber denken können sie trotzdem. Das offene Fenster, die offene Tür, die Halme, Saschas Gesang … Hier versucht man mit allen Mitteln, mir das Lebenslicht auszublasen, jawohl! Wetten, dass die Halme vergiftet sind?

Wetten, dass Fenster und Tür nicht zufällig gerade offen stehen? Und wetten, dass mich Saschas Schlaflied in den Wahnsinn treiben sollte?

Bin mal gespannt, was den beiden Hamsterkillern als Nächstes einfällt. Vielleicht eine Einladung zur Besichtigung der Tiefkühltruhe?

Mit verschränkten Armen stehen Sascha und sein Vater vor dem Käfig. Aha, sie warten wohl darauf, dass ich erst in die Halme und dann ins Gras beiße. Diesen Gefallen werde ich ihnen nicht tun! Blitzschnell hüpfe ich aus dem Käfig, rase aus dem Zimmer und durch den Flur. Dann biege ich ins Wohnzimmer ein und verkrieche mich unter dem großen Schrank.

Puuh, hier bin ich in Sicherheit. Es sei denn, Sascha und sein Vater kämen auf die Idee, dem Schrank die Füße abzusägen. Dann würde das Ungetüm auf mich stürzen. Doch würden die beiden wirklich so was Grausames tun, um mich loszuwerden? Da wäre ich aber platt!

Nachdem ich mich noch ein bisschen über

mein Herrchen und dessen Herrchen geärgert habe, rolle ich mich zusammen. Ich schließe die Augen und werde sofort überwältigt – zum Glück nur vom Schlummer …

Neuer Ärger in Sicht

Hatschi!

Na bitte, da geht sie schon los, meine Hirnhautentzündung! Erst ein bisschen niesen, dann ein bisschen sterben. Und schon rennt Sascha ins nächste Tiergeschäft und kauft sich den erstbesten Kläffer, den er dort im Sonderangebot findet. Hoffentlich pinkelt der ihm jeden Tag ans Bein!

Es ist früher Morgen. Ich muss also den ganzen Tag und die ganze Nacht durchgepennt haben. Sehr ungewöhnlich! Ob das an meiner großen Müdigkeit gelegen hat? Oder gehört das zu dieser furchtbaren Krankheit, die ich der Zugluft zu verdanken habe?

Hatschi!

Ich spitze die Ohren. Außer dem Geschnarche von Saschas Vater ist nichts zu hören. Darum wage ich mich unter dem Schrank hervor. Mein Magen knurrt so laut wie ein wütender Dobermann. Ob ich wohl irgendwo was zum Knabbern finde?

Schnuppernd mache ich mich auf die Suche. Saschas Mutter hat bestimmt an mich gedacht und mir ein Tellerchen mit dem neuen Futter hingestellt.

Irrtum: Weder im Wohnzimmer noch in der Küche steht was Fressbares für mich bereit. Aha, ich soll wohl so lange nichts zu futtern bekommen, bis ich vor Verzweiflung ein Stromkabel anknabbere. Dann macht es zisch – und ich bin futsch! Tja, manche Hamster sind vielleicht tatsächlich so dämlich, Stromkabel mit Kaugummis zu verwechseln. Nicht so der schlaue Hektor! Ehe ich in eine elektrische Leitung beiße, fresse ich einen Besen.

Vor Saschas Zimmer, dessen Tür einen Spaltbreit offen steht, bleibe ich stehen. Ein leckerer Duft steigt mir in die Nase. Der muss von den Halmen kommen, die sein Vater gestern für mich gepflückt hat. Ob sie wirklich vergiftet sind? Vielleicht sollte ich mir einfach mal ein ganz kleines Stück davon zwischen die Kiemen schieben. Das kann bestimmt nicht schaden.

Leise schleiche ich mich in die Bude meines Herrchens. Der Mond scheint genau aufs Bett und die neue Lampe. Selig lächelt Sascha im Schlaf vor sich hin. Wahrscheinlich träumt er von irgendeinem Köter, dem er lächerliche Kunststückchen beibringen kann. Pfötchen geben – so was Ekliges! Eine dreckige Hundepfote würde ich nicht mal mit zehn Paar Handschuhen anfassen.

Ich gehe zum Käfig und halte meine Nase an die Halme. Hm, eigentlich rieche ich nichts Verdächtiges. Deshalb beiße ich mir einen winzigen Zipfel ab und kaue auf ihm herum. Nichts Ungewöhnliches passiert. Ich fange weder an zu pupsen noch zu miauen oder zu blöken. Und mir wachsen auch keine Flügel, um ins Jenseits zu schweben. Sieht ganz so

aus, als hätte ich mich in Saschas Vater getäuscht.
Während ich das Grünzeug verputze, muss ich öfter niesen. Zum Glück schläft Sascha tief und fest und kriegt nichts davon mit, dass ich im Käfig sitze.
Nachdem ich den letzten Bissen verschlungen habe, höre ich Stimmen von nebenan. Saschas Eltern sind also gerade aufgewacht. Vorsichtshalber verschwinde ich lieber wieder aus dem Zimmer und verstecke mich unter dem Wohnzimmerschrank. Man weiß ja nie …
Die nächste Stunde verbringe ich mit Kacken und Putzen und werde dabei in Ruhe gelassen. Erst nach dem Frühstück lässt sich Sascha im Wohnzimmer blicken. Er geht in die Knie und linst unter den Schrank. Erkennen kann er allerdings herzlich wenig. Dafür ist es hier zu dunkel.
»Was soll das, Hektor?«, fragt er. »Wie lange willst du dich da noch verkriechen?«
Bis du dir den Hund aus dem Kopf geschlagen

hast, kapiert? Außerdem muss sich dein Vater laut und deutlich entschuldigen für den Hamster-leben-nicht-lange-Quatsch von gestern.
»Nun komm schon da raus!«, sagt Sascha. »Was soll der Blödsinn?«
Ich stelle meine Ohren auf Durchzug und bleibe stur.
»In deinem Käfig wartet das neue Futter auf dich.«
Echt?
Mit Düsenantrieb flitze ich unterm Schrank hervor, rase in Saschas Zimmer und mache einen Riesensatz in den Käfig. Dann tauche ich meine Schnauze ganz tief in den Futterberg hinein, den Sascha in meinen Fressnapf geschüttet hat. Schmeckt das super!
Mit Begeisterung kaue ich auf den Nüssen und Körnern herum und ärgere mich nicht darüber, dass Sascha inzwischen meinen Käfig zuschließt. Normalerweise steht er immer offen, weil ich nach Lust und Laune in der ganzen Wohnung herumspazieren darf, auch nachts.

Eingesperrt werde ich eigentlich nur, wenn jemand mit einem größeren Tier zu Besuch kommt. Und leider sind so ziemlich alle anderen Haustiere größer als ich – außer Milben und Motten.

Noch ein Körnchen, dann ist der Napf leer. Mann, bin ich satt! Jetzt brauche ich unbedingt ein Nickerchen.

Doch kaum habe ich mich in meinem Stroh ausgestreckt, greift Sascha nach dem Käfig. Er befestigt einen Henkel daran und hebt ihn hoch.

Hey, was soll das?

»Ich bring dich hinauf zu Frederik«, verkündet er.

Was? Zu dem Tierquäler? Bitte nicht!

»Wir fahren gleich in die Eifel und kommen erst heute Abend zurück. Du willst doch bestimmt nicht den ganzen Tag alleine bleiben, oder?«

Na klar will ich das! Lieber verbringe ich drei Monate in völliger Einsamkeit als eine Stunde

bei Frederik! Der macht doch bestimmt wieder so irre Experimente mit mir.
Moment mal! Ist das etwa sogar der Grund dafür, wieso ich zu dem Nachbarjungen verschleppt werde? Soll dieser Blödmann irgendwas mit mir anstellen, was mir nicht besonders gut bekommt? Verstehe: Dieses köstliche Essen war also meine Henkersmahlzeit, schluck!
Vor lauter Angst renne ich aufgeregt im Käfig hin und her, während mich Sascha durchs Treppenhaus trägt.
»Aha, du freust dich also schon auf Frederik!«
Und wie! Mir kommen fast die Tränen vor Freude!
Mein Herrchen klingelt an der Tür. Frederik öffnet. Er hat rote Haare und Sommersprossen und trägt eine runde Brille. Eigentlich sieht er aus wie ein kleiner Professor, aber das täuscht. In Wirklichkeit ist Frederik ein kleines Monster.

»So, hier ist er.« Sascha übergibt Frederik den Käfig. »Pass gut auf ihn auf!«

»Mach ich!«, antwortet Frederik und grinst mich dabei an.

»Benimm dich ordentlich, Hektor!«, ruft Sascha mir zu. »Hast du verstanden? Auf Wiedersehen!«

Auf Wiedersehen? Ich glaub kaum, dass du mich nochmal wiedersiehst, Herrchen. Jedenfalls nicht lebend.

Der Spinner und die Spinne

Ein paar Stunden später weile ich immer noch unter den Lebenden. Das habe ich nur Frederiks Dampfmaschine zu verdanken, die heute einfach nicht funktionieren will. Mit wachsender Verzweiflung hockt Frederik auf dem Teppich und versucht das Ding in Gang zu bringen – ohne Erfolg. Kein bisschen Rauch ist zu sehen.

Mittlerweile hat er die Maschine schon dreimal auseinandergenommen und wieder zusammengebaut. Jetzt betrachtet er sie gerade mit ratloser Miene und fährt sich dabei durch das rote Fell auf seinem Kopf.

»Mist! Mist! Mist!«, murmelt er dauernd vor sich hin.

Die grimmigen Falten auf Frederiks Stirn gefallen mir ganz und gar nicht. Seine Laune wird immer mieser. Bei den Experimenten, die mir heute noch bevorstehen, wird er bestimmt nicht besonders freundlich mit mir umgehen.

In diesem Augenblick höre ich seine Mutter rufen: »Mittagessen, Frederik! Es gibt dein Lieblingsgericht!«

Was soll das sein? Gegrillte Hamster in Tomatensoße? Immerhin hätte ich nichts dagegen, wenn das Essen Frederiks Stimmung etwas aufheitern würde. Als er das Zimmer verlässt, sind die Falten auf seiner Stirn jedenfalls verschwunden.

Endlich kann ich mich zu einem Nickerchen hinlegen. Gähnend mache ich es mir in meinem Stroh gemütlich, schließe die Augen und will einschlafen. Doch blöderweise klappt das nicht. Ständig muss ich an die Experimente denken, die Frederik mit mir vorhat. Was mag er sich wohl diesmal ausgedacht haben? Zieht er mir einen selbstgebastelten Fallschirm an und wirft mich vom Balkon? Oder steckt

er mich in die Mikrowelle, um zu testen, ob Hamster gerne in die Sauna gehen? Diesem Spinner ist alles zuzutrauen!
Nein, das Mittagessen hat Frederiks Stimmung keineswegs gebessert. Im Gegenteil! Er ist richtig wütend, als er eine halbe Stunde später ins Zimmer zurückkommt.
»Total versalzen!«, brummt er, nachdem er die Tür hinter sich zugeknallt hat. »Meine Zunge brennt, als hätte ich Feuer geschluckt!«
Er bleibt vor dem Käfig stehen und guckt mich nachdenklich an. »So, jetzt werden wir mal was ausprobieren, Hektor. Ich weiß nur noch nicht genau, was. Wie wär's mit ein bisschen Juckpulver? Es sieht immer so lustig aus, wenn ihr Hamster euch putzt. Mit diesem Pulver im Fell würdest du eine Woche lang ununterbrochen an dir rumkratzen.«
Toll! Und wann soll ich futtern und schlafen, du Komiker? Streu dir doch das Juckpulver in die Unterhose!
Frederik lässt noch einige weitere Vorschläge

hören. Von keinem bin ich sonderlich begeistert. Tierversuche sollen ja angeblich ganz nützlich sein, allerdings nicht für die Tiere, die daran beteiligt sind.
»Was hältst du davon, wenn ich dir jedes Haar einzeln ausrupfe? Ich will nur mal zählen, wie viele du davon hast.«
Was hältst du davon, wenn ich dir jede Sommersprosse einzeln aus dem Gesicht beiße? Ich will nur mal hören, wie du dabei schreist.
Auf einmal klatscht Frederik in die Hände.
»Ja, ich hab's!«, jubelt er, geht zu seinem Schrank und holt eine Kaffeedose heraus.
Nanu, was hat er vor? Will er testen, ob Hamster gerne in Kaffee baden? Nein, offenbar will er mir nur etwas Kaffeepulver in den Käfig schütten.
Er öffnet ihn, nimmt den Deckel von der Dose ab und schüttelt sie ein wenig. Plötzlich landet eine riesige Spinne mitten in meinem leeren Fressnapf. O Gott!
Ich fange an zu zittern, aber nicht vor Kälte.

Wo hat Frederik dieses Riesenvieh her? Das ist doch keine normale Spinne. So ein Ungetüm hab ich noch nie gesehen. Das muss eine supergefährliche Kreuzspinne sein, die Frederik aus dem Zoo geklaut hat. Hoffentlich hat sie heute schon was gefuttert, sonst macht sie bestimmt gleich Hackfleisch aus mir.

»Da staunst du aber, Hektor!« Der kleine fiese Professor hat sich im Schneidersitz vor dem Käfig niedergelassen. »So einen Besucher hast du bestimmt noch nie im Käfig gehabt. Warum sagst du Frankenstein nicht mal guten Tag?«

In welcher Sprache denn, du Trottel?

»Komisch, dass sich Frankenstein nicht rührt«, wundert sich Frederik und haut ein paarmal auf den Käfig. »Wahrscheinlich überlegt er, ob kleine Wollpakete wie du auf seiner Speisekarte stehen oder nicht.«

So ein Mist, dass Spinnen keine Vegetarier sind!

Obwohl Frederik weiter auf dem Käfig herumklopft, bewegt sich Frankenstein keinen

Millimeter. Er steht da wie sein eigenes Denkmal und glotzt mich an.

»Was ist los, ihr beiden?« Missmutig schüttelt Frederik den Kopf. »Ich will einen kleinen Kampf sehen. Bin mal gespannt, wer von euch beiden gewinnt.«

Hä? Gegen dieses brutale Biest hab ich doch überhaupt keine Chance!

Ich zittere weiter vor mich hin, doch Frankenstein hat sich immer noch nicht bewegt. Merkwürdig!

Plötzlich dämmert mir, was diese ganze Aktion zu bedeuten hat: Frederik will mich veräppeln! Diese Spinne ist nicht aus dem Zoo, sondern aus Gummi oder Plastik. Das ist gar kein echtes Tier! Vor einem Spielzeug soll ich mir in die Hose machen? Na warte, Frederik! So leicht lassen sich intelligente Hamster nicht ins Bockshorn jagen.

Energisch nähere ich mich dem blöden Ding, um es aus meinem Fressnapf zu stoßen. Aaah!

Wie angewurzelt bleibe ich stehen und halte die Luft an. Vor lauter Angst steht mir das Fell zu Berge. Von wegen Plastik! Die Spinne ist genauso lebendig wie ich. Gerade hat sie einige ihrer 387 Beine bewegt.

»Ja, gib's ihm, Frankenstein!«, feuert Frederik das Monster an. »Zeig ihm, was 'ne Harke ist!«

Nicht nötig! Ich weiß auch so, was eine Harke ist. Zeig mir lieber was anderes: dass du keinen Hunger auf mich hast. Ich bin sowieso völlig ungenießbar. Ja, wirklich! Von rohem Hamsterfleisch wird dir hundeelend, Frankenstein!

Inzwischen hat die Spinne den Fressnapf verlassen und kommt im Zeitlupentempo auf mich zu. Ich bin so geschockt, dass ich mich nicht rühren kann. Wohin soll ich auch verschwinden?

Jetzt steht die Spinne direkt vor mir. Wir gucken uns an, eine halbe Ewigkeit lang. Und dann – Hilfe! – hebt sie ganz langsam ein Bein in die Luft. Es kreist um meinen Kopf herum.

Ich lasse es nicht aus den Augen, wobei mir fast schwindlig wird. Irgendwas hat das Spinnenbein vor. Aber was?

Da berührt es mich unterm Kinn. Kann man von einem Bein erstochen werden?

Hihihi! Das Bein kitzelt mich, erst unterm Kinn und dann am Fuß. Zwei andere Beine wollen auch mitmachen und kitzeln mich am Bauch und an den Ohren. Hey, fühlt sich das

toll an! Erleichtert falle ich auf den Rücken und lasse mir von unzähligen Spinnenbeinen eine Massage verpassen. Netter Kerl, dieser Frankenstein! Sieht zwar zum Fürchten aus, hat aber anscheinend ein Herz für Hamster.

»Ist das langweilig!«, mault Frederik und steht auf. »Ich dachte, ihr geht euch an die Gurgel!«

Er verzieht sich wieder zu seiner Dampfmaschine, während ich mich weiter durchkitzeln lasse.

Ein Glück, dass Tiere nicht lachen können, sonst hätte ich mich an diesem Nachmittag bestimmt totgelacht. Und mein Herrchen hätte endlich meine Beerdigung feiern können, grrrr!

Verräter!

Die ganze Nacht bin ich auf Trab und mache die Wohnung unsicher. In allen Zimmern, die für mich offen stehen, schnüffele und klettere ich herum. Kein Wunder, dass ich beim ersten Morgengrauen völlig geschafft in meinem Käfig auf das Stroh sinke und sofort einschlafe.
Zurzeit verstecke ich mich nicht mehr unter dem Wohnzimmerschrank. Das liegt daran, dass Sascha gestern endlich mal wieder richtig nett zu mir war. Nachdem er mich bei Frederik abgeholt hatte, tobte er fast zwei Stunden lang in seinem Zimmer auf dem Teppichboden mit mir herum. Wir hatten viel Spaß zusammen!
Wie immer, wenn Sascha zur Schule geht, lässt er mich morgens in Ruhe pennen. Ich schlafe den ganzen Vormittag und öffne nur mal

kurz ein Auge, als Saschas Mutter eine Handvoll Grünzeug in den Käfig legt. Weil sie zu Hause arbeitet, bin ich fast nie allein in der Wohnung.

Erst gegen halb vier werde ich wach. Sascha sitzt an seinem Schreibtisch und macht Aufgaben. Normalerweise erledigt er sie im Handumdrehen, aber heute nuckelt er ständig an seinem Füller und guckt dabei Löcher in die Luft. Er sieht genauso traurig aus wie vorgestern beim Frühstück. Wahrscheinlich muss er dauernd an den Jungen denken, der ihm im Nordpark den Gameboy abgenommen hat. Dabei hat sich Sascha bestimmt ganz mies gefühlt.

Klar, natürlich tut er mir leid. Trotzdem verstehe ich nicht, warum er mich gegen einen Hund eintauschen möchte. Aber wer weiß, vielleicht möchte er das ja gar nicht mehr. Seit gestern bin ich mir jedenfalls nicht mehr so sicher, dass mich mein Herrchen unbedingt loswerden will.

Hatschi! Hatschi! Hatschi!

O nein, jetzt geht die Nieserei schon wieder los!
Sascha wirft mir einen besorgten Blick zu.
»Hast du dich erkältet, Hektor?« Er steht auf und kommt zu mir. »Vielleicht zieht es unter der Tür durch. Warte, ich stell den Käfig lieber in die Ecke neben den Schrank. Und? Besser?«
Keine Ahnung. Immerhin ist Sascha besorgt um mich, und das finde ich richtig rührend, schnüff!
Er kehrt zurück an seinen Schreibtisch und will sich wieder mit seinen Aufgaben beschäftigen. Doch kaum hat er nach dem Füller gegriffen, klingelt es. Wer das wohl sein mag? Sascha lauscht genauso angestrengt wie ich, als seine Mutter die Tür öffnet. Zu hören ist leider nichts. Doch kurz darauf klopft jemand an die Tür.
Erschrocken zuckt mein Herrchen zusammen und ruft: »Herein!«
Ein Mädchen kommt ins Zimmer. Lange schwarze Haare, weißes T-Shirt, roter Rock und

glänzend weiße Lackschuhe – Sascha ist genauso verdattert wie ich bei diesem Anblick.
»Na?«, flötet das Mädchen und grinst Sascha an. »Stör ich gerade?«
Mein Herrchen schüttelt erst den Kopf, nickt dann zweimal und schüttelt anschließend wieder den Kopf.
Das Mädchen lacht. »Was ist? Hast du deine Zunge verschluckt?«
»Ma – Ma – Meike …«, stammelt Sascha.
»Ja, ich weiß, wie ich heiße«, erwidert sie fröhlich. »Warum glotzt du mich denn so an, als hättest du mich noch nie gesehen? Wir sind doch seit drei Jahren in derselben Klasse.«
»Aber – aber du warst noch nie hier.«
»Stimmt. Dafür komme ich jetzt öfter.«
Sascha reißt die Augen auf. »Spinnst du? Was willst du denn hier?«
»Französisch lernen. Caroline hat mir erzählt, dass du eine Tante in Nizza hast. Und dass du da immer die Sommerferien verbringst. Dann kannst du bestimmt Französisch.«

»Ja, ein bisschen«, gibt Sascha zu. »Und wieso möchtest du das lernen?«
Meike wirft ihre lange Mähne zurück. »Ich werde später Model, und dann muss ich nach Paris ziehen.«
»Aha.«
Ganz schön eingebildet, diese Meike!
»Willst du mal sehen, wie ich laufe?«, fragt sie.
»Hä?« Sascha runzelt die Stirn. »Das seh ich doch jeden Tag auf dem Schulhof.«
»Ich meine, wie ich mich auf dem Laufsteg bewege, wenn ich ein neues Kleid vorführe. Pass auf!«
Sie stemmt die Hände in die Hüften, stolziert mit großen Schritten zum Fenster und dreht sich so schwungvoll um, dass ihr die Haare ums Gesicht fliegen. Plötzlich stößt sie einen gellenden Schrei aus. »Igitt, eine Maus!«
Voller Angst springt sie aufs Bett.
Sascha kichert. »Das ist Hektor, mein Hamster«, stellt er mich vor. »Der ist harmlos.«
»Wirklich?«

Na ja, meistens schon. Aber wenn man mich ärgert, kann ich auch ziemlich wütend werden. Da nehme ich es mit jedem Tier auf diesem Planeten auf – abgesehen vielleicht von Spinnen, Löwen, Tigern, Adlern und den 4893 anderen Rassen, die etwas größer geraten sind als ich, ähem.

Das Model zittert genauso vor mir wie ich gestern vor der Spinne (von der Frederik meinem Herrchen natürlich kein Wort erzählt hat).

»Kann er auch bestimmt nicht aus dem Käfig raus?«, fragt sie sicherheitshalber bei Sascha nach.

»Doch, kann er. Aber jetzt bleibt er erst mal drin. Hektor ist nämlich gerade aufgewacht. Er muss sich putzen und was futtern. Hast du noch nie einen Hamster gestreichelt?«

»Nein. Ich finde Hunde viel schöner.«

»Ich auch«, sagt mein Sascha. »Und darum lege ich mir demnächst einen zu.«

»Wann denn?«

»Tja, wenn Hektor – wenn er irgendwie –« Er

zuckt mit den Schultern. »Jedenfalls hab ich bald einen Hund. Was ist denn jetzt mit dem Französisch?«
Meike guckt mich noch ein Weilchen misstrauisch an, ehe sie sich vom Bett herunterwagt. Sie geht zum Schreibtisch, setzt sich drauf und lässt ihre Beine in der Luft baumeln.
»Ich fände es unheimlich nett, wenn du mir etwas Französisch beibringen könntest. Du kriegst auch was dafür.«
»Was denn?», fragt Sascha.
»Such dir was aus: einen Kuss, ein Autogramm oder ein tolles Foto von mir.«
Herrchen wird so rot wie ein Feuerwehrauto.
»Einen – einen Kuss?«, wiederholt er und knetet dabei seine Finger.
»Ja. Weißt du nicht, was das ist?«
Ehe Sascha darauf antworten kann, hat Meike sich nach unten gebeugt und hat Sascha einen dicken Schmatzer auf die rechte Backe gedrückt. Der springt sofort vom Stuhl und saust aus dem Zimmer.

»Wo willst du hin?«, ruft Meike ihm verblüfft hinterher.
»Meine Backe abschrubben!«, brüllt Sascha zurück.
Da zwinkert Meike mir lächelnd zu und murmelt: »Dein Herrchen ist ein ziemlich komischer Vogel.«
Kann man wohl sagen!

Keiner versteht mich

Nein, kein Auge kann ich mehr zutun! Sascha hat dieser Meike ganz deutlich gesagt, dass er nur auf meinen Abgang wartet, um sich endlich einen Hund zuzulegen. So ein Fiesling! Und ich dachte, zwischen uns wäre wieder alles in Ordnung …

In der Nacht tigere ich stundenlang unruhig durch die Wohnung. Dauernd muss ich niesen. Außerdem tut mir der Bauch höllisch weh. Und ich spüre ein wahnsinniges Jucken hinter den Ohren. Tja, vor lauter Kummer werde ich von mindestens drei Krankheiten gleichzeitig heimgesucht. Sehr lange muss Sascha wohl nicht mehr warten, bis er mich erst in seine Zigarrenkiste und dann unter die Erde verfrachten kann.

Zu all den Wehwehchen kommt am frühen

Morgen auch noch die Schlaflosigkeit. Ich wälze mich in meinem Stroh hin und her, werde immer müder und müder und falle trotzdem nicht in Schlummer.
Nachdem Sascha in die Schule verschwunden ist, hocke ich vor meinem vollen Fressnapf und kriege keinen Bissen hinunter. Das war's dann ja wohl. Ich brauche mich nur noch hinlegen und in die ewigen Jagdgründe eingehen, schluchz! Und falls mir Sascha eine Träne hinterherweint, wird es bestimmt eine Freudenträne sein.
Hatschi!
»Warum bist du denn schon wach, Hektor?«
Saschas Mutter kommt ins Zimmer und schließt die Tür hinter sich. »Bist du erkältet? Dann lasse ich das Fenster lieber zu.« Während sie Saschas Bett macht, redet sie mit mir über Meike.
»Meine Güte, wie die sich in Schale geschmissen hatte! Sascha war ja hin und weg.«
Vor allem weg, und zwar im Badezimmer, als

er sich den Kuss abwaschen wollte. Es dauerte eine Ewigkeit, bis er wieder zurückkam. In der Zwischenzeit freundete sich Meike ein wenig mit mir an. Sie kam nicht nur ganz nahe an den Käfig heran, sondern streckte sogar einen Finger aus, um mich zu streicheln. Im letzten Moment zuckte sie allerdings zurück. Schade! Ich hätte nichts dagegen gehabt, wenn sie mir auch einen Kuss verpasst hätte. Vielleicht traut sie sich bei ihrem nächsten Besuch wenigstens, mich zu berühren – falls es mich dann noch gibt!

»Ich glaube, Sascha hat sich in diese Meike verknallt. Meinst du nicht auch, Hektor?«

Mir egal, was mit Sascha los ist! Schließlich bin ich ihm ja auch völlig wurscht.

»So, schlaf gut, Hektor!« Saschas Mutter nickt mir freundlich zu. »Du siehst ganz müde aus.«

Sie dreht mir den Rücken zu und verlässt das Zimmer. Traurig schaue ich ihr hinterher. Zu blöd, dass ich ihr nicht sagen kann, wie mies ich mich fühle! Warum gibt es keine Hamster mit eingebauter Sprechanlage? Okay, ich kann fiepen und quieken und Männchen machen und die Backen aufblasen. Aber wenn ich den Menschen damit irgendwas mitteilen möchte, verstehen die immer nur Bahnhof.

Hm, könnte es nicht sein, dass mich Saschas Mutter etwas besser versteht als andere Leute?

Auf schwachen Beinen klettere ich aus dem Käfig und mache mich auf den Weg ins Arbeitszimmer. Dort steht ein riesiger Zeichentisch, an dem Saschas Mutter ihre Vormittage verbringt. Sie malt und zeichnet für Kinderbücher. Von mir hat sie auch schon ein paar Bilder gemacht. Wenn mein Käfig so groß wäre wie eine Hundehütte, würde ich sie darin aufhängen.

»Was willst du denn hier?«, wundert sie sich, als ich kurz darauf neben ihrem Stuhl auftauche. »Du gehörst ins Bett, verstanden? Also ab in deinen Käfig. Gute Nacht!«

So leicht lasse ich mich nicht abwimmeln. Ich setze mich auf die Hinterpfoten und mache Männchen.

»Willst du mir bei der Arbeit zugucken? Na schön!« Saschas Mutter nimmt mich hoch und lässt mich auf der Tischplatte nieder. »Aber nicht erschrecken, Hektor! Ich zeichne gerade ganz gruselige Bilder für ein Geisterbuch.«

Das Blatt vor ihr sieht wirklich ganz schön gespenstisch aus.

Ich erkenne einen eierköpfigen Vampir mit endlosen Zähnen, der auf eine kleine Maus herunterschielt. Vor Ekel muss ich mich schütteln.

»Ist doch nur eine Zeichnung!«, beruhigt mich Saschas Mutter. »Vor so was musst du dich nicht fürchten.«

Auf einmal durchbohrt sie mich mit einem neugierigen Blick. »Ich wüsste gerne, wovor du eigentlich am meisten Angst hast, Hektor. Jammerschade, dass du nicht plaudern kannst!«, fügt sie seufzend hinzu.

Nö, das kann ich leider nicht. Aber schauspielern kann ich. Und darum lasse ich mich prompt nach hinten fallen, starre mit unbeweglichen Augen an die Decke und rühre mich keinen Millimeter. Damit will ich Saschas Mutter zeigen, wovor ich im Moment am meisten Angst hab: vor dem Sterben.

»Hahaha!« Sie fängt an zu lachen. »Kannst du ulkig sein, Kleiner! Du siehst aus wie ein vollgefressener Brummbär, der gerade sein Mittagsschläfchen hält.«

Mit offenen Augen? So einen Bären möchte ich gerne mal sehen.

Ich krümme mich zusammen, um Saschas Mutter klarzumachen, wie stark meine Bauchschmerzen sind. Sie kichert schon wieder.

»Du solltest nach Hollywood gehen, Hektor!«

Wieso? Gibt's da besonders schöne Hamsterfriedhöfe? Mist, meine Schauspielerei ist völlig sinnlos! Da mime ich den sterbenden Schwan, und was passiert? Saschas Mutter hält mich für den dummen August.

Betrübt hüpfe ich auf ihren Schoß und von dort hinunter auf den Teppich.

Als ich das Arbeitszimmer verlasse, ruft mir Saschas Mutter hinterher: »Leg dich endlich hin.«

Mach ich. Aber wenn ich Pech habe, stehe ich nie wieder auf.

Bloß keine Erdbeeren!

»Na, schon wach?«, begrüßt mich Sascha, als er mittags aus der Schule kommt. Er kniet sich vor den Käfig. »Wieso hast du denn dein Futter noch nicht angerührt? Schmeckt dir das neue Zeug nicht?«
Mir schmeckt überhaupt nichts mehr. Und geschlafen hab ich auch keine einzige Sekunde lang. Es geht zu Ende mit mir, Herrchen! Nimm schon mal die Telefonkarten aus der Zigarrenkiste, damit ich dort meine letzte Ruhe finde. Und wehe, du singst bei der Beerdigung! Dann musst du mir vorher ein Kilo Watte in die Ohren stopfen, kapiert?
»Du bist doch wohl nicht krank, oder? Dann müssten wir mal zusammen zu Doktor Wessling fahren?«
Zu diesem Pfuscher? Ohne mich! Der hat mich

schon mal gepiesackt, als eine winzige Glasscherbe in meiner linken Vorderpfote steckte. Ja, okay, von der Scherbe hat er mich befreit. Aber dabei hätte er mir fast die ganze Pfote ausgerissen. Möchte mal wissen, wo Doktor Wessling Medizin studiert hat.

»Oder willst du ein bisschen mit mir spielen? Warte, nach dem Mittagessen zeig ich dir was. Ich hab mir nämlich ein tolles Buch aus der Schulbücherei ausgeliehen.«

Vermutlich mit dem Titel *Wie werde ich meinen Hamster los?*

Nachdem Sascha in die Küche verschwunden ist, schleppe ich mich zum Fressnapf und stecke mir ein Stück Walnuss in den Mund.

Ich zwinge mich, darauf herumzukauen, aber irgendwie … Ich weiß nicht. Wozu soll ich essen? Wenn mich Sascha nicht mehr mag, hat doch alles keinen Sinn mehr! Warum sagt er mir nicht, dass er mich lieber hat als alle Hunde auf der Welt? Das wäre das Einzige, was mich weiter am Leben erhalten könnte.

Doch was höre ich, als Sascha eine Viertelstunde später vom Mittagessen zurückkommt?
»Los, Hektor, jetzt mach ich Judo mit dir!«
Judo? Mit einem Hamster? In meinem kurzen Leben bleibt mir wirklich nichts erspart!
Schon hat mich mein Herrchen aus dem Käfig geholt und auf den Boden gesetzt. Er nimmt ein Buch aus der Schultasche, schlägt irgendeine Seite auf und sieht sie an.
Dann verkündet er unternehmungslustig: »So, zuerst übe ich mit dir diesen Rückenwurf. Achtung!«
Er nimmt mich hoch, wackelt mit mir in der Gegend herum und wirft mich dann hinter sich. Nach einem dreifachen Salto lande ich höchst unsanft auf dem Bett.
»Na, wie war das?«
Was soll der Quatsch? Wenn ich fliegen wollte, wäre ich als Kanarienvogel auf die Welt gekommen.
»Ich will Judo lernen, damit ich mich wieder in den Nordpark traue«, gesteht Sascha.

»Dort will sich Meike morgen mit mir treffen. Aber leider treibt sich da auch dieser blöde Kerl rum, der mir den Gameboy abgeknöpft hat. Was soll ich machen, wenn er mir wieder was klauen will?«

Ihm ein Lied vorsingen, dann haut der Junge bestimmt ab.

»Komm, wir machen noch eine Übung.«

Ohne mich! Ich bleibe regungslos auf dem Bett liegen.

»Du kriegst auch eine Erdbeere dafür. Das ist doch deine Lieblingsspeise, oder?«

Normalerweise schon. Aber heute hab ich auf gar nichts Appetit.

»Oder willst du die Erdbeere schon vorher haben?«

Sascha verschwindet aus dem Zimmer und holt eine Erdbeere. Als er sie mir vor die Nase hält, drehe ich den Kopf zur Seite.

»Was soll das?« Mein Herrchen mustert mich besorgt. »Du möchtest keine Erdbeere? Dann stimmt was nicht mit dir, Hektor!«

Erraten.
In diesem Moment klingelt es an der Tür.
Sascha geht öffnen und kehrt kurz darauf zusammen mit Frederik ins Zimmer zurück.
»Ich glaube, Hektor ist krank«, sagt er zu seinem Freund und erzählt ihm, dass ich die Erdbeere verschmäht habe.
»Vielleicht ist er satt bis obenhin«, vermutet Frederik.
»Kann nicht sein. Guck dir mal seinen Fressnapf an. Den hat er heute noch gar nicht angerührt.«
»Hm. Wir müssen ihn mal genau untersuchen.«
Die beiden Jungs gehen vor dem Bett in die Knie und nehmen mich unter die Lupe.
»Seine Augen gefallen mir nicht«, meint Sascha.
Mir auch nicht. Sie brennen wie verrückt, weil ich schon so lange nicht mehr geschlafen habe. Ein Wunder, dass ich sie überhaupt noch offen halten kann.

Frederik schüttelt den Kopf. »Der macht's nicht mehr lange, fürchte ich.«
»Quatsch!«
»Doch, glaub mir! Da kann dir auch kein Tierarzt mehr helfen. Gibst du ihn mir, wenn er tot ist?«
»Spinnst du?«, faucht Sascha.
»Wieso? Damit kann man prima Experimente machen. Du wärst ja wohl nicht traurig, wenn Hektor sterben würde, oder?«
»Blöde Frage!«
Frederik grinst. »Gib's doch zu: Du willst viel

lieber einen Hund haben. Den kriegst du aber erst, wenn Hektor weg ist.«
»Ja, das stimmt«, sagt Sascha. »Aber –«
Was nach dem Aber kommt, krieg ich nicht mehr mit. Seltsame Musik erklingt in meinen Ohren. Alles um mich herum beginnt sich zu drehen. Ich stoße einen schweren Seufzer aus, schließe die Augen und falle in ein tiefes, tiefes Loch.

Entscheidung fürs Leben

»Willkommen im Paradies!«
Hey, wo bin ich denn hier?!?
Vor mir steht eine wunderschöne Hamsterdame mit blondem Fell und rotlackierten Krallen. Sie küsst mich auf die Nase. »Mein lieber Hektor!«, säuselt sie. »Herzlichen Glückwunsch: Du hast es geschafft!«
»Hä?«
»Sieh dich doch mal um! Na, erkennst du, wo du gelandet bist? Im Hamsterparadies! Mach mal deinen Mund auf.«
Ich gehorche. Und was passiert? Eine Erdbeere kommt angeflogen und landet zwischen meinen Zähnen. Ich beiße zu. O Mann, schmeckt die süß! So eine wundervolle Erdbeere hab ich noch nie probiert.
Die schöne Hamsterdame küsst mich noch

einmal auf die Nase. Danach lässt sie mich allein, damit ich mir in aller Ruhe meine neue Heimat anschauen kann.
Ich befinde mich auf einer Sommerwiese voller duftender Halme. Es gibt weder Fliegen noch Hunde, Katzen oder andere Monster. Von Menschen ist ebenfalls nichts zu sehen. Die einzigen Lebewesen um mich herum sind Hamster – Hamster in allen Farben und Größen und aus aller Herren Länder.
Die meisten liegen faul herum und futtern die Leckerbissen, die ihnen in den Mund fliegen. Andere haben es sich in vornehmen Himmelbetten gemütlich gemacht und pennen tief und fest. Es gibt aber auch goldene Laufräder und abenteuerliche Labyrinthe aus durchlöcherten Baumstämmen. Und von Zugluft ist weit und breit nichts zu spüren.
Nein, die nette Hamsterdame hat nicht gelogen: Das ist wirklich das Paradies!
Moment mal – müsste ich nicht mausetot sein, um hierherzukommen? Ich erinnere mich an

Saschas Bett und sein Gesicht und das von Frederik. Hab ich die Eintrittskarte ins Paradies etwa mit meinem letzten Atemzug bezahlt? Dann war sie aber ganz schön teuer. Ob Sascha jetzt froh ist, dass er sich endlich einen Hund zulegen darf? Das werde ich wohl nie erfahren. Und darum ist es ziemlich sinnlos, mir darüber Gedanken zu machen. Ich sollte lieber überlegen, ob ich in eins dieser tollen Laufräder klettern oder mich erst aufs Ohr hauen soll. Die Himmelbetten sind eine Wucht! Mein nächster Winterschlaf wird sieben Monate dauern. Mindestens! Weil mich mein Magen wütend anknurrt, sinke ich gemütlich ins Gras und schließe die Augen. Dann reiße ich mein Maul ganz weit auf und warte auf das fliegende Futter.

Aua! Statt einer Erdbeere im Mund spüre ich einen Stich im Hintern. Schmerzen im Paradies? Das darf ja wohl nicht wahr sein! Empört öffne ich die Augen. Was sehe ich? Doktor Wessling mit einer riesigen Spritze in der Hand.

»Er lebt!«, jubelt Sascha. »Hektor lebt!«
Ich schiele zu ihm hinüber. Er steht zusammen mit seiner Mutter an der Tür. Was ist denn mit seinen Augen los? Da fließen ja literweise Tränen. Heult er, weil er sich nun doch keinen Kläffer zulegen kann?

»Du darfst ihn ruhig wieder auf den Arm nehmen«, sagt der Doktor zu Sascha.

Mein Herrchen stürzt sofort auf mich zu und drückt mich ganz fest an seine Brust.

»Du lebst!«, wiederholt Sascha immer wieder, während er mir mit seinen Tränen eine Dusche verpasst. »Du lebst!«

Doktor Wessling legt eine Hand auf Saschas Schulter. »Dein Hamster war nur ohnmächtig«, erklärt er. »Er scheint völlig entkräftet zu sein. Offenbar hat er schon länger nicht mehr geschlafen und gegessen.«
»Und was könnte der Grund dafür sein?«, fragt Saschas Mutter.
»Wahrscheinlich Kummer«, vermutet der Arzt ganz richtig. »Irgendwas scheint ihm große Sorgen gemacht zu haben. Hamster sind sehr empfindliche Tiere. Hast du dich nicht genug um ihn gekümmert?«
»Doch«, behauptet Sascha.
Seine Mutter wirft ihm einen ernsten Blick zu:
»Bist du sicher? In letzter Zeit hast du doch ständig von dem Hund geredet, den du unbedingt haben willst.«
»Das ist wahr«, gibt Sascha kleinlaut zu. »Aber jetzt weiß ich, dass ich Hektor niemals verlieren möchte. Wenn er gestorben wäre, hätte ich drei Monate lang geheult.«

Na schön, dann lebe ich halt noch ein bisschen weiter – trotz des tollen Hamsterparadieses mit der flotten Blondine.

Hektor, der Held

Ich schlafe wieder, ich esse wieder, ich spiele wieder mit Sascha. Alles wäre so wie früher, wenn nur mein Herrchen etwas bessere Laune hätte.

Seit er aus der Schule gekommen ist, liegt er auf dem Bett und bläst Trübsal. Er hat die Arme hinterm Kopf verknotet, stiert an die Decke und stößt alle paar Minuten einen Seufzer aus. Der Grund dafür hat lange schwarze Haare, tierische Angst vor Hamstern und heißt Meike.

Sascha ist heute Nachmittag mit ihr im Nordpark verabredet, traut sich aber nicht hin. Der Gameboy-Räuber könnte ihm ja dort über den Weg laufen und ihm wieder irgendwas abnehmen. Dieser Kerl scheint meinem Herrchen mächtig Angst eingejagt zu haben. Aber wer

weiß: Vielleicht lässt der sich heute gar nicht im Park blicken.
Wieso marschiert Sascha nicht einfach los und versucht sein Glück? Wenn ich mit der blonden Hamsterdame verabredet wäre, hätte ich mich schon längst auf die Socken gemacht.
Wie könnte ich Sascha dazu bringen, sich endlich auf den Weg zu machen?
Ich schiebe mir ein paar Körner zwischen die Zähne und kaue auf ihnen herum. Beim Futtern fällt mir immer was ein. Doch diesmal hab ich nur die Idee, noch eine weitere Ladung Körner zu futtern. Und dann noch eine und noch eine. Meine Wampe wird immer runder und runder. Können geplatzte Hamster eigentlich wieder zusammengeklebt werden?
Plötzlich höre ich, dass die Wohnungstür aufgeschlossen wird. Saschas Mutter kommt vom Einkaufen zurück.
Schon hechte ich aus dem Käfig, lasse ein lautes Gefiepe hören und flitze los!

»Wo willst du hin, Hektor?«
Wo du auch hinwillst, Herrchen!
Soeben ist mir nämlich eingefallen, was Sascha in den Nordpark locken könnte: eine kleine Verfolgungsjagd.
Ich sause den Flur entlang und zwischen den Beinen von Saschas Mutter hindurch ins Treppenhaus.
»Bleibst du wohl stehen!«, ruft sie mir hinterher.
Ich stelle mich taub und hopple die Stufen hinunter. Unten an der Haustür hab ich Glück: Sie steht offen, weil Frederiks Vater gerade sein Fahrrad reinträgt.
Auf dem Bürgersteig lege ich eine kurze Verschnaufpause ein und schaue mich nach Sascha um.
Wo bleibt er denn? Läuft er etwa in Zeitlupe durchs Treppenhaus?
Aha, da taucht er endlich auf.
»Komm zurück, du Spinner!« Drohend fährt er mit dem rechten Zeigefinger in der Luft

herum. Ich winke mit der linken Vorderpfote, drehe ihm den Hintern zu und trete aufs Gaspedal.
»Stopp!«, brüllt Sascha. »Du kannst doch nicht einfach abhauen!«
Siehst du nicht, wie ich das kann?
Bei dem Gerenne muss ich höllisch vor dem Dreck auf der Straße aufpassen. Alle paar Meter umkurve ich einen Hundehaufen. In den allergrößten von ihnen sollte Sascha mal reintreten. Dann weiß er hoffentlich, warum ich Hunde nicht riechen kann.
Gerade flitze ich auf eine kleine, grauhaarige

Frau zu. Die lässt erschrocken ihre Einkaufstüten fallen und kreischt: »Hilfe! Eine Maus!«

Hä? Die Oma braucht ’ne neue Brille!

Es ist nicht besonders weit bis zum Nordpark. Den Weg kenne ich deshalb so gut, weil mich Sascha schon öfter dorthin mitgenommen hat.

So langsam geht mir die Puste aus. Außerdem tut mir der Bauch weh, weil ich so vollgefressen bin. Einer der vielen weisen Hamstersprüche lautet: Mit vollem Magen sollst du keinen Wettlauf wagen. Wie wahr!

Der Eingang zum Nordpark kommt in Sicht. Ich setze zum Endspurt an. Dass Sascha mir immer näher auf die Pelle rückt, höre ich an seinem Geschrei. Dauernd brüllt er meinen Namen. Jetzt weiß die halbe Stadt, wie ich heiße.

Kaum habe ich die erste Wiese im Park erreicht, lasse ich mich erschöpft fallen. Im Nu ist Sascha zur Stelle. Keuchend nimmt er mich auf den Arm und schimpft: »Bist du total verrückt geworden? Was soll denn der Quatsch?«

Ich antworte mit einem Kuss auf die Backe. Sascha muss lachen. »Verstehe, du Schlauberger. Du wolltest wohl unbedingt Meike wiedersehen, stimmt's?«

Du doch auch, oder? Jedenfalls hält Sascha eifrig noch allen Seiten Ausschau.

»Falls wir sie treffen, darf sie dich auf keinen Fall zu Gesicht bekommen, kapiert? Sonst kriegt sie einen Schreikrampf und rennt weg. Los, versteck dich unter meinem Pullover! Aber ja nicht kitzeln, sonst muss ich lachen.«

Ich krieche in den linken Ärmel und spaziere den Arm hinauf. Igitt! Saschas Achselhöhlen sollten sich möglichst bald mal wieder mit einem Stück Seife treffen.

Während sich mein Herrchen in Bewegung setzt, mache ich es mir auf seiner Schulter gemütlich. Der Pullover ist so dünn, dass ich nicht ins Schwitzen komme.

»Meike ist nirgends zu sehen«, murmelt Sascha betrübt. »Ich bin ja auch viel zu spät. Sie ist bestimmt schon nach Hause …« Er stockt und bleibt stehen. Hat er sie womöglich entdeckt?

»Na, du Blödmann?«, höre ich eine seltsame Stimme krächzen. »Wir kennen uns doch, oder?«

Sascha sagt kein Wort. Ich spüre, dass er sich völlig verkrampft. Es ist nicht schwer zu erraten, wer da vor ihm steht: der Gameboy-Räuber!

»Deine Turnschuhe gefallen mir«, sagt der Kerl. »Neu?«

»Hmhm.«

»Zieh sie aus, ich will sie haben!«

Spinnt der?

»Nun mach schon!«, drängt der Kerl mit seiner Krächzstimme. »Oder muss ich dir erst eine reinhauen?«

Saschas Herz klopft rasend schnell. Ob er wieder daran denkt, wie toll es wäre, einen Hund

zu haben? Der hätte diesen Ganoven schon längst in die Flucht geschlagen.
Aber kann das ein Hamster nicht auch?
Ich schleiche an Saschas Arm hinunter. Weil ich ihn dabei kitzle, fängt mein Herrchen an zu lachen.
»Na warte, du Idiot!«, knurrt der Krächzer stinksauer. »Dir wird das Kichern gleich vergehen!«
Ich schlüpfe unter Saschas Ärmel hervor – und springe dem Räuber auf die Brust!
Er schreit auf und will nach mir schlagen, aber ich bin schneller und verschwinde unter seinem Kragen.
Meine Krallen bohren sich tief in sein Fleisch, während ich auf seinem Rücken herumwandere. Ab und zu beiß ich auch mal rein, obwohl mir Erdbeeren eigentlich viel besser schmecken.
Sascha lacht immer weiter. Es sieht bestimmt komisch aus, wie der Räuber durch die Gegend tanzt und dabei rumbrüllt wie verrückt.

»Aufhören!«, jammert er. »Aufhören! Ich geb dir auch den Gameboy zurück! Diese Killerratte bringt mich um!«

»Okay, her mit dem Gameboy!«

»Hier. Und jetzt ruf dieses Monster zu dir!«

»Bei Fuß, Killer!«, kommandiert Sascha. »Hast du gehört? Bei Fuß!«

Zu Befehl, Boss!

Ich verabschiede mich von dem Räuber mit

einem Biss in den Bauchnabel, hüpfe auf Saschas Hand und verschwinde schnell in seinem Ärmel. Der Blödmann braucht ja nicht zu sehen, dass die Killerratte große Ähnlichkeit mit einem Hamster hat.

Ächzend macht sich der Räuber aus dem Staub.

»Das war super!», jubelt mein Herrchen und streichelt mich. »Kein Dobermann auf der Welt hätte das besser machen können. Danke, Killer!«

Gern geschehen! Wie wär's mit 'ner kleinen Belohnung?

Traumhaft schön

Ich sehe rot!
Sofort nach unserer Rückkehr hat Sascha mich beinahe mit Erdbeeren erschlagen. Eine ganze Schale davon ließ er in meinen Käfig regnen. Sechs oder sieben Stück hab ich bis jetzt verdrückt, aber noch mehr passen beim besten Willen nicht mehr in meinen Bauch. Was ich ganz dringend brauche, ist ein Nickerchen. Erst das Gerenne zum Nordpark, dann die Aktion mit dem Räuber und anschließend Erdbeerkauen bis zum Abwinken: O Mann, ich bin total geschafft!
Gähnend sinke ich ins Stroh. Ehe ich die Augen schließe, werfe ich einen Blick hinüber aufs Bett. Dort liegt Sascha und guckt noch trauriger aus der Wäsche als vorhin. Kein Wunder! Als wir den Nordpark verlassen wollten, mach-

ten wir eine furchtbare Entdeckung: Meike – zusammen mit einem anderen Jungen!
Es war ein richtiger Schönling mit halblangen blonden Haaren und einem piekfeinen weißen Hemd. Er saß neben Meike auf der Bank quatschte auf sie ein.
Tief betrübt machte Sascha einen Umweg, weil er von den beiden nicht gesehen werden wollte.
So eine Gemeinheit, dass es im richtigen Leben völlig anders zugeht als im Film! In einem Film hätte Meike bestimmt zufällig beobachtet, wie mutig Sascha mit Räubern fertig wird. Und anschließend hätte sie sich dem tapferen Helden an den Hals geworfen und ihn geküsst, bis ihr die Luft ausgegangen wäre. Doch wie sieht die Wirklichkeit aus? Mies! Da erobert Sascha den Gameboy zurück, und was ist der Dank dafür? Meike turtelt mit einem anderen Jungen herum. Zu gerne hätte ich diesem Schnösel einen kleinen Kratzer ins Gesicht gemalt!

Nach einem weiteren Gähnen mache ich die Augen zu und möchte einschlafen. Ein heftiges Geklingel sorgt jedoch dafür, dass ich zusammenzucke. Das muss Frederik sein. Was will der schon wieder hier?

Aber nein, ich habe mich geirrt. Kurz darauf geht die Zimmertür und die Sonne auf, jedenfalls für Sascha. Denn niemand anderes als Meike kommt hereinspaziert. Sie trägt ein schwarzes Kleid, einen blauen Haarreifen und einen Schmollmund. Bei ihrem Anblick springt Sascha vom Bett, stolpert über seine Turnschuhe und knallt in voller Länge auf den Teppich. Beim Aufstehen ist sein Gesicht so rot wie die Erdbeerköttel, die ich heute Abend verlieren werde.

»Wieso bist du denn nicht in den Nordpark gekommen?«, meckert Meike. »Du wolltest mir doch ein paar französische Wörter beibringen. Fast eine Stunde lang hab ich auf dich gewartet, du Spinner!«

»Gewartet?«, wiederholt mein Herrchen mit

merkwürdig hoher Stimme. »Du hast mit einem Angeber auf der Bank gesessen.«
»Das war mein Bruder Julian«, erklärt Meike. »Aber ein Angeber ist er trotzdem, da hast du recht.« Sie lässt sich auf dem Schreibtischstuhl nieder. »Also, was ist? Bringst du mir Französisch bei?«
»Und wo soll ich mich hinsetzen?«
»Von mir aus auf meinen Schoß.«
Beim letzten Wort flitzt Sascha wie eine Rakete aus dem Zimmer und kommt drei Sekunden später mit einem Küchenstuhl zurück.
Tja, mein Nickerchen kann ich ja wohl vergessen. Obwohl ich unheimlich müde bin, möchte ich nichts verpassen. Zum Beispiel Küsse oder Schmusereien oder irgendwelche Sprüche über Liebe.
Am Anfang passiert gar nichts. Die französischen Wörter, die Sascha aufsagt, kommen mir ziemlich spanisch vor. Außerdem werde ich beim Zuhören müder und müder. Immer wieder fallen mir die Augen zu.

Doch schließlich ist es so weit: Sascha nimmt Meike in die Arme und gibt ihr einen endlos langen Kuss. Dann fragt er sie leise: »Willst du meine Frau werden?«

»Ja«, haucht Meike.

Prompt kommt ein Priester herein und hinter ihm her eine ganze Schar festlich gekleideter Hochzeitsgäste. Und es wurde eine Hochzeit gefeiert, wie sie schöner auf Erden nie zuvor gewesen war.

Und wenn ich nicht wegen der vielen Erdbeeren zwischendurch aufs Klo muss, dann penne ich einfach weiter und träume von Saschas Hochzeit …

Immer eine Nasenlänge voraus

»Tierquälerei ist das, mich bei dieser Hitze durch die Stadt zu jagen. Aber wenn meine zweibeinigen Detektivclub-Freunde mal wieder nicht durchblicken, dann bleibt eben alles an mir hängen. Der Fall mit der entlaufenen Katze war ja noch ein Kinderspiel, aber mit echten Verbrechern sieht die Sache schon schwieriger aus ...« Aber keine Sorge, Oberschnüffler Oswald kriegt das schon hin – vor allem, wenn ein Cheeseburger als Belohnung wartet!

Christian Bieniek
Oberschnüffler Oswald
Band 80338